U0538458

杜守正 著
Poems by Du Shou-zheng

羅得彰 英譯
Translated by Lo Te-chang Mike

杜苑儀 西譯
Translated by Tu Yuan-yi

行走在土地的詩歌

Poetry walking on the land
Poesía en camino sobre la tierra

杜守正漢英西三語詩集
Mandarin-English-Spanish

台灣詩叢 • Taiwan Poetry Series 27

【總序】詩推台灣意象

叢書策劃／李魁賢

　　進入21世紀，台灣詩人更積極走向國際，個人竭盡所能，在詩人朋友熱烈參與支持下，策畫出席過印度、蒙古、古巴、智利、緬甸、孟加拉、尼加拉瓜、馬其頓、秘魯、突尼西亞、越南、希臘、羅馬尼亞、墨西哥等國舉辦的國際詩歌節，並編輯《台灣心聲》等多種詩選在各國發行，使台灣詩人心聲透過作品傳佈國際間。

　　多年來進行國際詩交流活動最困擾的問題，莫如臨時編輯帶往國外交流的選集，大都應急處理，不但時間緊迫，且選用作品難免會有不周。因此，興起策畫【台灣詩叢】雙語詩系的念頭。若台灣詩人平常就有雙語詩集出版，隨時可以應用，詩作交流與詩人交誼雙管齊下，更具實際成效，對台灣詩的國際交流活動，當更加順利。

　　以【台灣】為名，著眼點當然有鑑於台灣文學在國際間名目不彰，台灣詩人能夠有機會在國際努力開拓空間，非為個人建立知名度，而是為推展台灣意象的整體事功，期待開創台灣文學的長久景象，才能奠定寶貴的歷史意義，台灣文學終必在世界文壇上佔有地位。

實際經驗也明顯印證，台灣詩人參與國際詩交流活動，很受重視，帶出去的詩選集也深受歡迎，從近年外國詩人和出版社與本人合作編譯台灣詩選，甚至主動翻譯本人詩集在各國文學雜誌或詩刊發表，進而出版外譯詩集的情況，大為增多，即可充分證明。

承蒙秀威資訊科技公司一本支援詩集出版初衷，慨然接受【台灣詩叢】列入編輯計畫，對台灣詩的國際交流，提供推進力量，希望能有更多各種不同外語的雙語詩集出版，形成進軍國際的集結基地。

目次
CONTENTS

目次

3 【總序】詩推台灣意象／李魁賢

9 水源的歌01【水源的孩子】
  ・Song of Shuiyuan 01[Children of Shuiyuan]

10 水源的歌02【水源風光Ⅰ】
  ・Song of Shuiyuan 02[Shuiyuan Scenery I]

11 水源的歌03【水源風光Ⅱ】
  ・Song of Shuiyuan 03[Shuiyuan Scenery II]

12 水源的歌04【讀冊去】
  ・Song of Shuiyuan 04[Going to School]

13 水源的歌05【水源小學e那一條歌】
  ・Song of Shuiyuan 05[The Song of Shuiyuan Elementary School]

14 【水源風光Ⅰ】
  ・[Shuiyuan Scenery I]

15 【水源風光Ⅱ】
  ・[Shuiyuan Scenery II]

16 水源的歌06【阿肥之歌】
  ・Song of Shuiyuan 06[A-Fei's Song]

17 水源的歌07【水源溪】
  ・Song of Shuiyuan 07[Shuiyuan River]

行走在土地的詩歌
Poetry walking on the land・Poesía en camino sobre la tierra

19　水源的歌08【回家的路】
　　・Song of Shuiyuan 08[The Way Back Home]

21　水源的歌09【阿泰、阿順・水源人物素寫】
　　・Song of Shuiyuan 09[A-Tai, A-Shun, Shuiyuan Character Sketch]

22　水源的歌10【水源的畢業歌】
　　・Song of Shuiyuan 10[Shuiyuan Graduation Song]

23　水源的歌11【告別水源】
　　・Song of Shuiyuan 11[Farewell Shuiyuan]

25　水源的歌12【回到水源】
　　・Song of Shuiyuan 12[Back to Shuiyuan]

26　水源的歌13【天堂】
　　・Song of Shuiyuan 13[Paradise]

27　水源的歌14【如果有一天】
　　・Song of Shuiyuan 14[If One Day]

28　水源的歌15【黑熊的歌】
　　・Song of Shuiyuan 15[Song of the Black Bear]

29　水源的歌16【水源印象】
　　・Song of Shuiyuan 16[Impressions of Shuiyuan]

30　水源的歌17【溼地飛翔】
　　・Song of Shuiyuan 17[Wetland Flight]

目次
CONTENTS

31　水源的歌18【行知素寫】
　　• Song of Shuiyuan 18[A Sketch on Action and Knowledge]

32　水源的歌19【動物園之歌】
　　• Song of Shuiyuan 19[Song of the Zoo]

33　水源的歌20【送別歌】
　　• Song of Shuiyuan 20[Farewell Song]

34　水源的歌21【茨後一欉茄苳】
　　• Song of Shuiyuan 21[A Winter Maple Behind the House]

36　水源的歌22【看見忠寮】
　　• Song of Shuiyuan 22[See Zhongliao]

38　水源的歌23【生命之樹的等待與追尋】
　　• Song of Shuiyuan 23[Waiting and Searching for the Tree of Life]

40　水源的歌24【咱的愛】
　　• Song of Shuiyuan 24[Our Love]

41　水源的歌25【牽手】
　　• Song of Shuiyuan 25[Holding Hands]

42　水源的歌26【一個你】
　　• Song of Shuiyuan 26[One You]

7

43	作者簡介・About the Author
44	英文譯者簡介・About the English Translator
45	西文譯者簡介・About the Spanish Translator
46	詩歌聆聽欣賞

水源的歌01
【水源的孩子】

詞曲：杜守正

我是個快樂的孩子也　生長在淡水的大屯山邊
四周有青山和綠水片片　還有著藍天和美麗校園
我是個天真的孩子也　走在山路的田野之間
風中有我們的歌聲綿綿　串起了心中的回憶點點

我們是水源的孩子也　快樂的在這裡上學讀書
有扯鈴有國術也有舞獅　還有著大樹和老鷹白鷺
我們是勇敢的孩子也　生長在淡水的大屯山邊
有一天我們會回到水源　耕耘出一片美好的家園
啦……………　啦……………
有一天我們會回到水源　耕耘出一片美好的家園

水源的歌02
【水源風光Ⅰ】

詞：張家焜
曲：杜守正

水源風光好

蟲兒常飛鳥兒常叫

水源風光好

花兒常開人兒常笑

大樹公公常睡覺

小狗汪汪叫

四處真熱鬧

水源的歌03
【水源風光Ⅱ】

詞：張正儒
曲：杜守正

白鷺低飛老鷹徘徊

日下的老人在種菜　風光景色真可愛

婦人打穀　農人歌唱

小狗走在水源的田野上　夕陽黃黃影子長

抬頭看星河　好像一條大蟒蛇

水源的歌04
【讀冊去】

詞曲：杜守正

阮家住在大屯山邊e水源橋下
你家嘛住在大屯山邊e水源橋下
一二三四一二三四　透早就出門去
天色未光就要醒　田園巡剎剛好時
趕緊回去吃早起　好ㄊㄡ帶孫讀冊去
有人走路有人坐車　有人走相捉
二步三步三步二步　鬥陣作夥行
一二三四一二三四　歡歡喜喜讀冊去
噹噹噹噹　噹噹噹噹　噹噹噹噹　噹噹噹噹
OS：小朋友大家早，我是導護老師，現在已經七點四十分了！
　　趕緊去掃地啦！

水源的歌05
【水源小學e那一條歌】

詞：杜守正
曲：陳明章

每天早時e七點多　水源小學e杜老師

得要去學校去教書　得要去學校去教書

沿路伊會邊走攔邊唱歌　唱著伊學生（阿焜）e那條歌

也是伊恰意e那條歌是

行走在土地的詩歌
Poetry walking on the land • Poesía en camino sobre la tierra

【水源風光 I】

詞：張家焜
曲：杜守正

水源風光好　蟲兒常飛鳥兒常叫
水源風光好　花兒常開人兒常笑
大樹公公常睡覺　小狗汪汪叫
四處真熱鬧
伊愛伊水源e生活　伊擱會跟學生泡泡茶
伊最愛喝e就是普洱茶　那是喝茶　伊就用火炭滾水滾不剎
水源小學有一條歌（來喔！泡茶喔！）

每天下午e四點多　水源小學e學生囝仔
得要用走路倒轉去　得要用走路倒轉去
沿路咽會邊走擱邊唱歌　唱著咽同學（阿儒）e那條歌
也是咽恰意e那條歌是

【水源風光 II】

詞：張正儒
曲：杜守正

白鷺低飛老鷹徘徊

日下的老人在種菜　風光景色真可愛

婦人打谷　農人歌唱

小狗走在水源的田野上　夕陽黃黃影子長

抬頭看星河　好像一條大蟒蛇

咽現在漸漸在長大　咽嘛會漸漸來識代志

咽那是今ㄚ日來畢業後　希望咽會記得這段唱歌e日子

水源小學有一條歌（小朋友！來唱歌喔！）

少年仔！你甘擱會記得　你老師是啥人？

行走在土地的詩歌
Poetry walking on the land・Poesía en camino sobre la tierra

水源的歌06
【阿肥之歌】

詞曲：杜守正

阿肥是我們班的孩子，他叫鄭清文，他的人就是那個樣子
有一回下課，我拿了吉他在教室裡彈彈唱唱
看著他笑臉稚嫩的臉龐
和著旋律隨即編了歌詞
就這麼和孩子們唱開來了
說他肥！說他臭屁！
說他像傻大豬！他會生氣嗎？你說呢？

阿肥阿肥真古錐　　生得特別肥擱美
雖然肥肥人錘錘　　大家看到伊真歡喜
阿肥阿肥真古意　　看起來親像傻大豬
雖人古意人臭屁　　只要哪有伊歡喜就滿滿是

水源的歌07
【水源溪】

詞曲：杜守正
改編自王昭華〈水源街〉

佇在大屯山e水源地　山邊e橋下有一條水源溪

咿咿歪歪、咿咿歪歪　流過真多e所在

一天一天、一天一天　流入阮e心肝底

水源溪啊水源溪！　流過後山e水源地

有人洗衣、有人洗菜　囝仔嘛玩得笑哈哈！

水源溪啊水源溪！　流過繁華e這個時代

少年家啊少年家！　你的志氣是跑到哪？

啦……啦……啦……　啦……啦……啦………

佇在大屯山e水源地　山邊e橋下有一條水源溪

咿咿歪歪、咿咿歪歪　流過真多e所在

一天一天、一天一天　流入阮e心肝底

水源溪啊水源溪！　流過變化e這個所在

有人種菜、有人破壞　囝仔e希望你到底敲哥愛！

水源溪啊水源溪！　流過後壁e竹林地

厝頭家啊厝頭家！　咱是不是哥會當作夥！
日子一天一天底哩過　有人不知哩做啥夥！親像山頂e天氣
變化嘛愈來愈多　這款e代志你噉有去注意！
啦……啦……啦……　啦……啦……啦………
水源溪啊水源溪！　流過後山的水源地
少年家啊少年家！　你的志氣是跑到哪？
水源溪啊水源溪

水源的歌08
【回家的路】

詞曲：杜守正

我以為你知道我知道你知道嗎？
從來就沒人能告訴我喔……
生命的意義到底在哪裡　生活的目的是不是遊戲
我以為你知道我知道你知道我！
總是希望有人能夠瞭解我喔……
面對寂寞應該如何去突破　我的憂愁為何那麼多

你知道我知道你知道嗎？
這段路我走得太過糊塗喔……
人生的道路需要全心去投入　面對父母才是回家的路
我知道你知道你知道我！
從今後就應該好好把握喔……
我很好你很好　我很好你知道嗎？
謝謝你謝謝我　謝謝你你知道嗎？

行走在土地的詩歌
Poetry walking on the land · Poesía en camino sobre la tierra

我很好你很好　我很好你知道啊！
謝謝你謝謝我　謝謝你謝謝你啊！

水源的歌09
【阿泰、阿順・水源人物素寫】

詞曲：杜守正

阿泰、阿順是兄弟　時常相招讀書去
雖然兩人有稍跨肥　看起來嘛是真古錐
阿泰、阿順真趣味　時常相招看木偶戲
雖然字寫了無多美　上課嘛是真認真

校長校長真美麗　時常總是笑嘻嘻
待人客客又氣氣　做起事來關心你
主任主任真和氣　太太溫柔又美麗
兩個孩子在一起　全家真是有福氣

大人大人真細心　做事也是很盡力
總務靠她沒問題　大小的事情都處理
張叔張叔張爺爺　各種技藝他都會
花草樹木到他手裡　萬事O.K沒問題

水源的歌10
【水源的畢業歌】

詞：陳俊宏、張正儒
曲：杜守正

在這畢業之時　我離開了水源

六年美好的回憶　一一浮現在眼前

若欲再見一面　不知要等到何年

是否可以再次團圓　在熟悉的校園

忍著眼淚悲傷　還有離別的心酸

說聲珍重再見　我的老師和水源

我的好友和水源

水源的歌11
【告別水源】

詞／曲：杜守正
改編自邱晨〈告別特富野〉

就要離開啦！離開美麗的美麗的水源地

嘿吼嘿！嘿吼嘿！

離開美麗的水源　我不知如何向他說再見

五月的細雨飄飄　突然淋溼我的眼

回憶多年的相逢　來不及說什麼溫柔的話

秋夜的楓葉飄飄　飄在水源的山路上

水源地的孩子啊！　你聽聽大屯山的歷史脈動

我心中也有一座山　也為你震落滿滿的思念

水源地的孩子啊！　你看看水源溪的田野依舊

我心中也有一條河　也陪你走過沉默的時刻

啦………啦………　啦…………
水源地的孩子啊！　別問我到底來自什麼地方
如果你還記得我　我只是走過晨霧的朋友

水源的歌12
【回到水源】

詞曲：杜守正

今夜風兒輕吹　吹動了當年的感覺

在水源這些年　有淚水也有著笑臉

大樹下校園裡　有著我們共同的回憶

哦……離別後多珍重　期盼能再相逢

大屯山水源地　我在這裡等著你

大屯山水源地　我在等著你

水源的歌13
【天堂】

詞：陳玄謀
曲：杜守正

每個人都有個天堂　無憂無慮自由翱翔

孤單時候相依陪伴　快樂來臨與你分享

每份愛總有個地方　蔓延穿越學子心房

攜手共度委屈彷徨　扶助暗夜每一道心光

天堂在淡水河旁　天堂在觀音山上

天堂在校園流傳　天堂在人間（水源）發光

天堂……天堂……天堂……

水源的歌14
【如果有一天】

詞曲：杜守正

如果有一天　可以重回家園（如果有一天　可以重建家園）

如果有一天　可以不說再見（如果有一天　我們會再相見）

沒有什麼你你我我

沒有什麼將心打破

我們可以　共同攜手　一起奮鬥

我們可以　不再彷徨　不再驚恐

只要……

天還是天　地還是地　山川大地依然可親

‖ 咿呀HO嗨呀　　O嗨呀…… ‖

我們會再相見……

行走在土地的詩歌
Poetry walking on the land · Poesía en camino sobre la tierra

水源的歌15
【黑熊的歌】

詞：王華芬
曲：杜守正

年輕的心經得起淬煉　年輕的心奔放在水源

曾經是平原的跑馬　也曾是碧海的扁舟

有時像是飛天的孤雲

有時候就是大夥的好朋友

但今天他守候在書房案頭　為了自己所作的抉擇

對生命許下一個承諾　給自己一個未來

他凝定的靜駐　在淬煉、在琢磨、在鍛燒、在涵養

更在蓄積生命的力量

嘿又嘿……（黑熊……）嘿又嘿……

嘿又嘿……（黑熊……）嘿又嘿……　　黑熊一定要考上

2001.3.7

水源的歌16
【水源印象】

詞曲：杜守正

蔚藍的天空裡　有著我們的回憶

是否你　還記起　有個我也有你

美麗的校園裡　有著當年的足跡

在這裡　一起　快樂的學習

伊呀嘿　伊呀嘿　伊呀嘿呀嘿　伊呀嘿

微風兒輕輕的吹送

是否吹起了當年的感動　喔……

在水源　好家園　回水源　來團圓

伊呀嘿　伊呀嘿　伊呀嘿呀嘿　伊呀嘿

伊呀嘿　我們的水源

水源的歌17
【溼地飛翔】

詞：陳木城
曲：杜守正

孩子，我要留給你湖泊

孩子，我要留給你溪流

你看！那湖泊的眼睛多明亮！

你聽！那溪水的歌聲多嘹亮！

孩子，我要留給你一片溼地

張開你的小手，腳步要輕，在那最敏感的土地上

感覺像一群群水鳥展開翅膀、擁抱希望，勇敢去飛翔。

感覺像一群群水鳥展開翅膀、擁抱希望，勇敢去飛翔

看著你……去飛翔……　去飛翔……去飛翔……　去飛翔……

在溼地的天空中　飛翔……

水源的歌18
【行知素寫】

詞曲：杜守正

行知行知在南京　有個校長叫楊瑞清
年近五十有幹勁　生活教育帶到農村裡
行知行知在合一　有個前輩陶先行
曉莊師院來延續　農村的孩子有自信
行知遊學辦教育　農村社區來參與
課程扎實又有趣　兩岸四地都慕名

2010.11

行走在土地的詩歌
Poetry walking on the land・Poesía en camino sobre la tierra

水源的歌19
【動物園之歌】

詞曲：杜守正

蔚藍的天空　吹著輕輕的微風
在這淡水的山路中　心中滿是笑容
晴朗的夜空　吹著自由的和風
在這水源的田野中　我心中滿是從容
漫步在這清風　一路笑容往前衝
來到了動物園　鳥曰和小黑常相隨
土地蓮霧與桂樹　木蓮枇杷和芭樂
還有含笑野薑花　都是這土地的芬芳

水源的歌20
【送別歌】

詞曲：李雙澤

我送你出大屯　看那大屯山高又高
我又送你到大河邊　看那大河長又長
像那大河長又長　我們吃苦又耐勞
像那大屯山高又高　我們勇敢又堅強
我們勇敢又堅強　我們吃苦又耐勞
我們希望有一天　能夠重聚在水源地
我們的水源地　有滿山花盛開
那山茶花是我　那山茶花是妳
我送你出大屯　我送你到大河邊
我們希望有一天　能夠重聚在水源地

行走在土地的詩歌
Poetry walking on the land・Poesía en camino sobre la tierra

水源的歌21
【茨後一欉茄苳】

詞：李魁賢
曲：杜守正

茨後有一欉老茄苳
透早就有烏鴉聲　阮阿公在清國時代
起茨時　就聽著在此　嘎嘎叫
茨後有一欉老茄苳
中晝時就有烏鴉聲　阮老爸在日本時代
做穡休困時　也聽著在此　嘎嘎叫
茨後有一欉老茄苳
下晡時猶複有烏鴉聲　阮在民國時代
出外讀冊時　猶複有聽著在此　嘎嘎叫
阮小漢就聽阿公講　烏鴉不是歹鳥
伊會來相勤茨就會旺
不可嫌鳥聲噪耳　嘎嘎叫
阮大漢也聽老爸講　烏鴉不是歹鳥
伊會湊顧牛復會掠草蜢

不可舉竹篙逐到伊　嘎嘎叫

阮今矣也漸漸老矣　轉來舊茨　遂尋無老茄苳

田園荒廢無人種作

透早抵黃昏　每聽無烏鴉在　嘎嘎叫

阮小漢有一欉老茄苳

阮大漢也有一欉老茄苳

阮今矣也已經老矣　轉來舊茨　遂尋無老茄苳

那欉心肝內　永遠的老茄苳

行走在土地的詩歌
Poetry walking on the land・Poesía en camino sobre la tierra

水源的歌22
【看見忠寮】

詞：連福壽
曲：杜守正

溪水清淨魚蝦濟　　也有狗鮔跟毛蟹
沿岸兩邊是田園　　年冬收成滿穀倉
厝前後壁山坡地　　亦有栽柑兼種茶
每年採茶的季節　　挽茶相褒足鬧熱
田莊農產很豐富　　蔬菜水果逐項有
彼片田園彼條溪　　是咱心愛的土地
（採茶相褒歌）
一欉好花在高山　　開甲二蕊好排壇
挽伊袂到站著看　　嗅到花香透心肝
大屯山下公司田溪　流向忠寮田莊過
溪水清淨魚蝦濟　　也有狗鮔跟毛蠏
自然生態尚稀奇　　大埤埔頭楓寄生
生態環境要保護　　忠寮發展有前途
人文古蹟歷史久　　石牆仔內旗杆厝

山明水秀好所在　詩人畫家出人才
忠寮社區風景好　請恁相招來迌迌

行走在土地的詩歌
Poetry walking on the land・Poesía en camino sobre la tierra

水源的歌23
【生命之樹的等待與追尋】

詞曲：杜守正

太陽愛上一個女孩

穿越時空來到了現在

月亮等待一個男孩

從過去現在　到未來

不知道她的愛　還在不在

不知道他　還愛不愛？　你還愛她嗎？

可以愛　也可以不愛

即便是受了傷　還是可以給出愛

真正的愛　本來就是自由自在

你是他　是那個太陽、是仙人掌、是火是蛇、也是月亮

我愛她　愛著月亮、愛著仙人掌、愛著火、愛著蛇、也愛太陽

原來我就是她　是那個月亮、是仙人掌、是火是蛇、也是太陽

所有相遇　都是靈魂的思念

所有等待　都是生命之樹的追尋

我們都一樣　都是那道光　那道愛與不愛的常極光

我們都一樣　都是那道光　那道穿越時空的常寂光

那個自由自在的太陽

所有相遇　都是靈魂的思念

所有靈魂　都會回到生命之樹等待

行走在土地的詩歌
Poetry walking on the land・Poesía en camino sobre la tierra

水源的歌24
【咱的愛】

詞：謝碧修　曲：杜守正
改寫自陳秀珍〈如果愛〉

若準愛有形狀　彼一定是你的目睭
若準愛有歌詞　彼一定是我的偏名
若準愛無裝電鈴　我就寫批來寄予你
若準愛無翅股　我就用跤盤山過嶺

咱的愛　隔著闊茫茫的大海
我欲變做一隻魚仔　佮千千萬萬蕊的水花相刣
泅出一條相迵（sio-thàng）的水路

咱的愛　隔著層層疊疊的懸山
我欲變做一隻鳥仔　挑戰千變萬化的烏雲
飛出無阻礙直達的雲線

水源的歌25
【牽手】

詞曲：杜守正

牽手　牽手

你牽我的手　我嘛來牽你的手

來來去去　來來去去

走在重建街和清水街

走在淡水戀愛巷　十八相送

到底是你來送我　還是我來送你？

到底是你牽我的手　還是我牽你的手？

牽手　牽手　　牽手　牽手

不管是誰牽誰的手　你就是我的牽手

因為你就是我　我就是你的牽手。

牽手　牽手　　牽手　牽手

你就是我的……牽手

行走在土地的詩歌
Poetry walking on the land・Poesía en camino sobre la tierra

水源的歌26
【一個你】

詞：杜守正

一個字　一首詩

一個你　一個生命

影響

一群人　成就一條穿越時間空間的詩路

你是山　親像大屯山

噴出千萬年的岩漿

你是河　親像淡水河

流向大海這個母親

你的名叫做李魁賢

你就是李

你就是永遠的老茄苳

作者簡介

　　杜守正，台南人、水源生活書院院長、國小退休教師、候用校長，成功大學工管系、佛光大學藝研所畢業，國北教大課程所博士班肄業。曾任新北市藝文輔導團團員、中央團諮詢委員、金鐘獎評審。

　　平常人，做非常事。

　　1990年大三，他看了電影《魯冰花》，深受感動決定教小學。

　　任教小學近30年，創辦生活書院、社區報紙，曾獲全國power教師獎、大愛菁師獎、特殊優良教師、國家環境教育獎，並帶領淡水忠寮社區農村再生，獲全國金牌農村。

　　看不懂五線譜，卻帶領學生錄製專輯，走唱籌畢旅資金，入圍金曲獎最佳兒童樂曲專輯，公視紀錄片獲國際兒童影展最佳電視節目獎。

　　有人說，杜老師是個反常、異類的老師，他總默認微笑回答：「是的，我就是返常，返回常態！」

　　2022年退休，開始遊歷講學，期許自己成為一個「多元文化教育的工作者」。

行走在土地的詩歌
Poetry walking on the land・Poesía en camino sobre la tierra

英文譯者簡介

　　羅得彰（1978-）生於台北。小時候隨家人移民到南非，在當地生活超過25年，並取得分子醫學博士學位。在回到台灣尋找他的「台灣性」之後，透過一連串偶然的巧合，他的職業生涯轉向口譯／翻譯、教學和寫作。他協助淡水福爾摩莎國際詩歌節多年，也因此開始寫詩。目前住在淡水，為了進一步提升自己的寫作能力與文學基礎，他回到研究所攻讀英文博士。曾翻譯利玉芳的漢英西三語詩集《天拍殕仔光的時》，以及肯亞詩人 Christopher Okemwa 的《蜂蜜酒上的暮光：漢英雙語詩集》。他的第一本詩集《台灣日・南非夜》於2023年出版。

西文譯者簡介

　　杜苑儀，畢業於國立政治大學政治學系，在大學期間開始學習西班牙語，並曾赴西班牙馬德里大學交換一年，回國後亦持續進修語言。《行走在土地的詩歌》是她首次參與文學作品的翻譯工作，期盼讀者能透過譯文，感受到詩中所蘊含的情感，以及中文與台語交織而成的語言之美。

行走在土地的詩歌
Poetry walking on the land・Poesía en camino sobre la tierra

詩歌聆聽欣賞

Youtube 線上收聽 QR-code：

英語篇

目次
CONTENTS

53　Song of Shuiyuan 01 [Children of Shuiyuan]
　　・水源的歌01【水源的孩子】

54　Song of Shuiyuan 02 [Shuiyuan Scenery I]
　　・水源的歌02【水源風光Ⅰ】

55　Song of Shuiyuan 03 [Shuiyuan Scenery II]
　　・水源的歌03【水源風光Ⅱ】

56　Song of Shuiyuan 04 [Going to School]
　　・水源的歌04【讀冊去】

57　Song of Shuiyuan 05 [The Song of Shuiyuan Elementary School]
　　・水源的歌05【水源小學e那一條歌】

58　[Shuiyuan Scenery I]・【水源風光Ⅰ】

60　[Shuiyuan Scenery II]・【水源風光Ⅱ】

61　Song of Shuiyuan 06 [A-Fei's Song]
　　・水源的歌06【阿肥之歌】

62　Song of Shuiyuan 07 [Shuiyuan River]
　　・水源的歌07【水源溪】

64　Song of Shuiyuan 08 [The Way Back Home]
　　・水源的歌08【回家的路】

66　Song of Shuiyuan 09 [A-Tai, A-Shun, Shuiyuan Character Sketch]
　　・水源的歌09【阿泰、阿順・水源人物素寫】

行走在土地的詩歌
Poetry walking on the land · Poesía en camino sobre la tierra

67　Song of Shuiyuan 10 [Shuiyuan Graduation Song]
　　‧水源的歌10【水源的畢業歌】

68　Song of Shuiyuan 11 [Farewell Shuiyuan]
　　‧水源的歌11【告別水源】

69　Song of Shuiyuan 12 [Back to Shuiyuan]
　　‧水源的歌12【回到水源】

70　Song of Shuiyuan 13 [Paradise]
　　‧水源的歌13【天堂】

71　Song of Shuiyuan 14 [If One Day]
　　‧水源的歌14【如果有一天】

72　Song of Shuiyuan 15 [Song of the Black Bear]
　　‧水源的歌15【黑熊的歌】

73　Song of Shuiyuan 16 [Impressions of Shuiyuan]
　　‧水源的歌16【水源印象】

74　Song of Shuiyuan 17 [Wetland Flight]
　　‧水源的歌17【溼地飛翔】

75　Song of Shuiyuan 18 [A Sketch on Action and Knowledge]
　　‧水源的歌18【行知素寫】

76　Song of Shuiyuan 19 [Song of the Zoo]
　　‧水源的歌19【動物園之歌】

目次
CONTENTS

77 Song of Shuiyuan 20 [Farewell Song]
・水源的歌20【送別歌】

78 Song of Shuiyuan 21 [A Winter Maple Behind the House]
・水源的歌21【茨後一欉茄苳】

80 Song of Shuiyuan 22 [See Zhongliao]
・水源的歌22【看見忠寮】

82 Song of Shuiyuan 23 [Waiting and Searching for the Tree of Life]
・水源的歌23【生命之樹的等待與追尋】

84 Song of Shuiyuan 24 [Our Love]
・水源的歌24【咱的愛】

85 Song of Shuiyuan 25 [Holding Hands]
・水源的歌25【牽手】

86 Song of Shuiyuan 26 [One You]
・水源的歌26【一個你】

87 About the Author・作者簡介

89 About the English Translator・英文譯者簡介

90 About the Spanish Translator・西文譯者簡介

行走在土地的詩歌
Poetry walking on the land · Poesía en camino sobre la tierra

Song of Shuiyuan 01
[Children of Shuiyuan]

I'm a happy child growing up by Datun Mountain by Tamsui

Surrounded by emerald hills and green waters, blue skies and a beautiful school.

I'm an innocent child who walks between the fields on the mountain road

Our singing in the wind strings together memories in our hearts.

We are the children of Shuiyuan and we happily go to school here

There are diabolos, Chinese martial arts, lion dances, trees and eagles and egrets.

We are brave children who grew up by Datun Mountain in Tamsui.

One day we'll return to Shuiyuan and cultivate a beautiful home

La.....................La ....

One day we'll return to Shuiyuan and cultivate a beautiful home

行走在土地的詩歌
Poetry walking on the land • Poesía en camino sobre la tierra

Song of Shuiyuan 02 [Shuiyuan Scenery I]

Lyrics: Zhang Jia-kun

Shuiyuan sceneries are beautiful

Insects often fly and birds often sing

Shuiyuan sceneries are beautiful

Flowers often bloom and people often smile

The old tree often sleeps

The doggies barks

It's a happy place to be

Song of Shuiyuan 03 [Shuiyuan Scenery II]

Lyrics: Zhang Zheng-ru

The egrets flying low and the eagles roamings

The old man growing vegetables under the sun, the scenery is so lovely

Women threshing, the farmers singing

The dog walking on the field of Shuiyuan, the sunset is yellow and the shadow is long

Look up at the starry river, a big python in the sky

Song of Shuiyuan 04 [Going to School]

Lyrics and Music: Du Shou-zheng

Our home is under Shiyuan Bridge by Datun Mountain

Your home is also under Shiyuan Bridge by Datun Mountain

One two three four, one two three four, leaving early in the morning

Wake up before it's light to patrol the field and when it ends

Hurried back to eat breakfast and take grandchildren to school

Some walk, some ride, some playing tag

Two and three steps, three and two steps, everyone together

One two three four, one two three four, happily going to school

Dang dang dang dang dang dang dang dang dang dang dang dang dang
    dang dang dang

PA system: Good morning children, this is the room teacher, it is now 7:40!
    Time to sweep the floor!

Song of Shuiyuan 05 [The Song of Shuiyuan Elementary School]

Music: Chen Ming-zhang

Every morning at 7 a.m., Teacher Du of Shuiyuan Elementary School has to go to school to teach, has to go to school to teach

Along the way he would walk and sing the song about his student A-kun

It is also the song that he likes

行走在土地的詩歌
Poetry walking on the land • Poesía en camino sobre la tierra

[Shuiyuan Scenery I]

Lyrics: Chang Jia-kung

Shuiyuan sceneries are beautiful

Insects often fly and birds often sing

Shuiyuan sceneries are beautiful

Flowers often bloom and people often smile

The old tree often sleeps, the doggies barks

It's a really busy place

He loves life in Shuiyuan, he also make tea with students

He loves to drink Pu'er tea the most, that tea he boils with charcoal the water constantly boils

Shuiyuan Elementary School has a song "Come! Make tea!"

Every afternoon after four the school children from Shuiyuan Elementary School

Have to walk back home, has to walk back home

Along the way they would walk and sing that song about their student A-Ru

It is also the song that they like

行走在土地的詩歌
Poetry walking on the land・Poesía en camino sobre la tierra

[Shuiyuan Scenery II]

Lyrics: Zhang Zheng-ru

The egrets fly low and the eagles roam

The old man grows vegetables under the sun, the scenery is so lovely

Women beat the grains, the farmers sing

The dog walks on the field of Shuiyuan, the sunset is yellow and the shadow is long.

Look up at the starry river, a big python in the sky.

You are gradually growing up now, you will gradually come to know things.

You are graduating today, hopefully you will remember these days of singing

Shuiyuan Elementary School has a song "Children! Come and sing!"

Young man! Will you remember who your teacher is?

Song of Shuiyuan 06
[A-Fei's Song]

A-Fei is a child in our class, his name is Qing-wen Zheng, and he looks just like that

One time after class, I took my guitar and was playing and singing in the classroom

I saw his smiling, naive face

I made up lyrics to the melody

And started to sing with the kids

Call him chubby! Say he's full of it!

Say he looks like a silly piggy! Does he get angry? What do you think?

A-Fei, A-Fei is so cute, born so chubby and cute

Although chubby people looks silly, everyone loves to see you

A-Fei, A-Fei is so sincere, approachable like a silly piggy

Althoug he's sincere, so full of it, wherever you are there is happiness

行走在土地的詩歌

Poetry walking on the land • Poesía en camino sobre la tierra

Song of Shuiyuan 07
[Shuiyuan River]

Adapted from a song by Wang Zhao-hua

Under the bridge at Shuiyuandi by Datun Mountain there is Shuiyuan River

Yiyi waiwai, yiyi waiwai flowing past so many places

Day after day, day after day, flowing into your heart

Shuiyuan River O Shuiyuan River! Flowing past Shuiyuandi behind the mountain

Some people washing cloth, some people washing vegetable, kids are playing and laughing!

Shuiyuan River O Shuiyuan River! Flowing past the prosperity of this era

Young man O young man! Where did you your ambitions go?

La… …la … …la … …la … …la …la …

Under the bridge at Shuiyuandi by Datun Mountain there is Shuiyuan River

Yiyi waiwai, yiyi waiwai flowing past so many places

Day after day, day after day, flowing into your heart

Shuiyuan River O Shuiyuan River! Flowing past the changes at this place

Some people growing vegetables, some people destroys, which do you really want!

Shuiyuan River O Shuiyuan River! Flowing past the bamboo groves of Houbi

Landlord O landlord! Will we still be together!

Days past one after another, don't know if people will still be together! Just like the weather on the mountain top

More and more changes, have you noticed this!

La……la ……la ……la ……la …la …

Shuiyuan River O Shuiyuan River! Flowing past Shuiyuandi behind the mountain

Young man O young man! Where did you your ambitions go?

Shuiyuan River O Shuiyuan River!

行走在土地的詩歌
Poetry walking on the land・Poesía en camino sobre la tierra

Song of Shuiyuan 08 [The Way Back Home]

I thought you knew that I knew you knew?

No one has ever been able to tell me.........

Where is the meaning of life, is the purpose of life a game

I thought you knew I knew that you knew me!

Always wishing someone could understand me.........

Facing loneliness, how to break through, why do I have so many sorrows

You know that I knew you knew?

I've been too confused on this journey.........

Need to be fully invested in the road of life, facing parents is the way to home.

I knew that you knew you knew me!

From now on, should make the most of it.........

I'm good, you're good, I'm good, you know?

Thank you, thank me, thank you, you know?

I'm good, you're good, I'm good, you know!

Thank you, thank me, thank you, thank you!

行走在土地的詩歌
Poetry walking on the land • Poesía en camino sobre la tierra

Song of Shuiyuan 09 [A-Tai, A-Shun, Shuiyuan Character Sketch]

A-Tai and A-Shun are brothers who often to go together to school, although they are a bit chubby, they look really cute

A-Tai and A-Shun are really fun, often watch puppet shows together, although their handwriting is not very beautiful, they are really serious about school

The headmistress, the headmistress is so beautiful, always smiling, always treating people with hospitality, always caring about you

The director, the director is so kind, his wife is so gentle and beautiful, and together with the two children, the family is so lucky

Her Excellency*, Her Excellency is really careful and does her best, General Affairs rely on her, dealing with problems big and small

Uncle Zhang, Grandpa Zhang, knows all kinds of skills, flowers, plants and trees, everything turns out fine in his hands

* A respectful moniker for the school's general affair director

Song of Shuiyuan 10
[Shuiyuan Graduation Song]

Lyrics: Cheng Jun-Hong & Zhang Zheng-ru

I left Shuiyuan at the time of graduation

Six years of wonderful memories have all come back to me

I don't know how long it will take to see you again

Will we be reunited in the familiar campus again?

Holding back the tears and the sadness of parting

Saying keep well, goodbye to my teachers and Shuiyuan

My best friends and Shuiyuan

行走在土地的詩歌
Poetry walking on the land • Poesía en camino sobre la tierra

Song of Shuiyuan 11 [Farewell Shuiyuan]

Adapted from a song by Chen Qiu

I'm leaving! Leaving the beautiful, beautiful Shuiyuan

Hey ho hey! ------ Hey ho hey!

I don't know how to say goodbye when I leave beautiful Shuiyuan

The May drizzles suddenly wet my eyes

Remembering our meeting after many years, didn't have time to say any tender words

Autumn maple leaves drifting on Shuiyuan mountain roads

O children of Shuiyuan! Listen to the historical pulse of the Datun Mountain

There's a mountain in my heart that's pulsing with thoughts for you

O children of Shuiyuan! Look at the fields of Shuiyuan River!

There's a river in my heart that also accompanies you through the silent moments

La .... la ....La ....

Child of Shuiyuan! Don't ask me where I come from

If you still remember me, I'm just a friend who walked through the morning mist

Song of Shuiyuan 12
[Back to Shuiyuan]

Tonight the wind gently blows and stirs up the feelings of the past

There were tears and smiles during those years at Shuiyuan

Under the big tree, in the school, there are memories we share

Oh, ... after parting, take care and look forward to meeting again

I'll be waiting for you here at Shuiyuan by Datun Mountain

I'm waiting for you at Shuiyuan by Datun Mountain

行走在土地的詩歌
Poetry walking on the land・Poesía en camino sobre la tierra

Song of Shuiyuan 13 [Paradise]

Lyrics: Chen Xuan-mou

Everyone has a paradise where they can soar freely without worries
When you're alone, you'll be with me, and when happiness come, I'll share it with you
There is always a place where love spreads through the heart of students
Overcome grievances and uncertainties together, and help every heart in the dark night
Paradise is by Tamsui River, paradise is on Guanyin Mountain
Paradise is in the school, spreading paradise is in the mortal world
(Shuiyuan)
Paradise... Paradise... Paradise...

Song of Shuiyuan 14
[If One Day]

If one day we can return home (If one day we can rebuild our home)

If one day we don't say goodbye (If one day we'll meet again)

There's no such thing as you and me

There's nothing breaking hearts

We can work together and fight together

We can stop wandering, stop being scared

As long as ......

The sky is still the sky, the earth is still the earth, the mountains and the land are still dear to me

‖ Eiya ho hiya   ho hiya... ‖

We'll meet again......

行走在土地的詩歌
Poetry walking on the land • Poesía en camino sobre la tierra

Song of Shuiyuan 15
[Song of the Black Bear]

Lyrics: Wang Hua-fen

The young hearts can withstand the tempering, the young hearts run in Shuiyuan

Once a horse galloping on the plains, once a boat on the blue sea

Sometimes a lonely cloud flying in the sky

Sometimes a good friend to all

But today he waits at the desk in his study to make a choice for himself

To make a promise to life, to give himself a future

He's standing still, refining, pondering, tempering and nurturing

Building up the power of life

Hey o hey ---- (black bear ---) hey o hey ----

Hey o hey ---- (black bear ---) hey o hey ---- black bear must pass

2001.3.7

Song of Shuiyuan 16
[Impressions of Shuiyuan]

In the blue sky, there are our memories

Do you, still remember, there was a you and a me?

In the beautiful school, there are the footprints of those days

Here, together, happily learning

Yi ya hey, Yi ya hey, Yi ya hey ya hey, Yi ya hey

The breeze blowing gently

Does it bring up the feelings of those days   O ....

In Shuiyuan, a good home, back to Shuiyuan, to be reunited.

Yi ya hey, Yi ya hey, Yi ya hey ya hey, Yi ya hey

Yi ya hey, our Shuiyuan

行走在土地的詩歌
Poetry walking on the land • Poesía en camino sobre la tierra

Song of Shuiyuan 17 [Wetland Flight]

Lyrics: Chen Mu-cheng

Child, I'll leave you the lakes

Child, I'll leave you the rivers and streams

Look! How bright the eyes of the lakes are!

Listen! How loud and clear the stream's song are!

Child, I'll leave you a wetland

Open your little hands, step lightly, on that most sensitive of lands

Feel like a flock of water fowls spreading their wings, embracing hope,

    flying bravely.

Feel like a flock of water fowls spreading their wings, embracing hope,

    flying bravely

Watching you - to fly - to fly - to fly - to fly

Flying in the wetland sky ------

Song of Shuiyuan 18
[A Sketch on Action and Knowledge]

Action and knowledge in Nanjing, there's a headmaster named Rui-qing Yang
Almost fifty with strong motivation, to bring life education to the countryside
Action and knowledge in Hoyi, a predecessor named Xian-xing Tao
Continuing through Xiaozhuang College, the rural children have self-confidence
The travel study on action and knowledge, rural communities join in
The solid and interesting content, admired by people from both side of the Strait
This quick written sketch, is to commemorate this meeting

2010.11

行走在土地的詩歌
Poetry walking on the land • Poesía en camino sobre la tierra

Song of Shuiyuan 19
[Song of the Zoo]

The blue sky, a gentle breeze blows

On the Tamsui mountain road, heart full of smiles

The clear night sky, a free wind blows

In the fields of Shuiyuan, my heart is full of calmness

Strolling in the fresh breeze, smiling all the way forward

Coming to the zoo, birds and Blackie are always with me

The land, wax apples and osmanthus, hibiscus, loquats and guavas

And wild ginger blossoms are the fragrance of the land

Song of Shuiyuan 20 [Farewell Song]

Lyrics: Lee Shuang-ze

I see you out of Datun, see how tall Datun mountain is

I see you to the river, see how long it is

Like the great long river, we are hard-working and enduring

Like the tall Datun mountain, we're brave and strong

We're brave and strong, we're hard-working and enduring.

We hope that one day, we'll reunite at Shuiyuan

Our Shuiyuan has mountains full of flowers

That camellia is me, that camellia is you

I see you out of Datun, I see you to the river

We hope that one day, we'll be reunite at Shuiyuan

行走在土地的詩歌
Poetry walking on the land • Poesía en camino sobre la tierra

Song of Shuiyuan 21
[A Winter Maple Behind the House]

Lyrics: Lee Kuei-shien

There's an old winter maple behind the house
The sounds of crows could be heard from early morning, when my grandfather
    built the house in the Qing Dynasty he heard the cawing here
There's an old winter maple behind the house
At noon there were sounds of crows, when my father was resting against
    the wall in the Japanese occupation period he heard the cawing here
There's an old winter maple behind the house
In the afternoon there are still sounds of crows, when I went to school in
    the ROC period I still heard cawing here
When I was young, I heard grandfather say that crows aren't bad bird
When they come the house will prosper
Don't resent the bird noises, the cawing
When I grew up, I also heard father say crows aren't bad birds
They will take care of the cattle and will eat grasshoppers

Don't chase them with bamboo sticks until they are cawing

I am getting old now, coming back to the old house the old winter maple is
  no more

The fields are abandoned, no one is growing anything

From early morning to dusk there is no crows cawing

When I was small there was an old winter maple

When I grew up there was also an old winter maple

I am old now, coming back to the old house the old winter maple is no more

That old winter maple that is forever in the heart

行走在土地的詩歌
Poetry walking on the land • Poesía en camino sobre la tierra

Song of Shuiyuan 22 [See Zhongliao]

Lyrics: Lian Fu-shou

The clean water of the stream is rich in fish and shrimps, and there are also bearded eel goby and mitten crabs
Along the banks are fields that give bountiful harvest before winter
On the hillside in front of and behind the house, mandarin oranges and tea are grown
The tea picking season every year, all are happy and enthusiastic
The farms are rich in produce, all sorts of vegetables and fruits
The fields and the streams are our beloved land
(Tea Picking Song)
A nice flower on the mountain, two blossoms can be brought to the table
Take you to look and see, the floral fragrance seeps into the heart
Gongsitian River by Datun Mountain, flows towards fields of Zhongliao
The river is clean with fish and shrimps, also bearded eel goby and mitten crabs
Natural ecology is rare, Dapiputou has viscums

The long humanity history and monuments, Shiquiangzi's flagpole house

The mountains and water are beautiful, producing talented poets and painters

The scenery of Zhongliao community is good, we invite you to come visit

行走在土地的詩歌
Poetry walking on the land・Poesía en camino sobre la tierra

Song of Shuiyuan 23 [Waiting and Searching for the Tree of Life]

The sun fell in love with a girl

Travelled through time and space to the present

The moon waits for a boy

From the past to the present, to the future

Don't know if her love is still there

Don't know if he, still loves you, do you still love her?

You can love, or not love!

Even if you are hurt, you can still give love!

True love, is supposed to be free

You are him, are the sun, the cactus, the fire, the snake, and also the moon

I love her, love the moon, love the cactus, love the fire, love the snake, and also love the sun

So I actually am her, am the moon, the cactus, the fire, the snake, and also the sun

All encounters, are the thoughts of the soul, all the waiting, ais the pursuit of the tree of life

We are all the same , all are that light, that everlasting light of love and lovelessness

We are all the same, all are that light, that everlasting lonely light that travels through time and space, that free sun

All encounters, are the thoughts of the soul

All souls, will return to the tree of life to wait

行走在土地的詩歌
Poetry walking on the land • Poesía en camino sobre la tierra

Song of Shuiyuan 24 [Our Love]

Lyrics: Xie Bi-shu, revised from Chen Hsiu-chen's 'If Love'

If love has a shape, it must be your eyes

If love has lyrics, it must be my nickname

If love has no doorbell, I'll write letter to send to you

If the love has no wings, I'll walk across the hills and mountains

Our love is separated by a vast ocean

I want to be a fish, killing hundred thousands of watery flowers

Swimming a connected watery road

Our love is separated by layers and layers of mountains

I want to become a bird, challenging the ever-changing dark clouds

To fly a direct unimpeded line made of clouds

Song of Shuiyuan 25
[Holding Hands]

Holding hands. Holding hands.

You hold my hand, I'll hold yours.

Come and go, come and go.

Walking along Chongjien Street and Qinshui Street

Walking along Lover's Lane in Tamsui lovers seeing each other off

Are you seeing me off or am I seeing you off?

Are you holding my hand or am I holding yours?

Hand-holding. Holding hands holding hands. Hand-holding.

No matter who's holding whose hand, you are the hand I hold.

Because you are me, I am ------ the hand you hold.

Hand-holding. Holding hands holding hands. Hand-holding.

You are ------ the hand I hold.

行走在土地的詩歌
Poetry walking on the land • Poesía en camino sobre la tierra

Song of Shuiyuan 26 [One You]

One word, one poem

One You, one Life

Influence

A group of people, creating a poetic road through time and space

You are a mountain like Datun Mountain

    Spewing forth millions of years of magma

You are a river like Tamsui River

    Flowing to the mother, the sea

Your name is Lee Kuei-shien

You are Lee*

You are the forever old winter maple

* You and Lee sounds the same in Taiwanese

About the Author

Du Shou-zheng, a Tainan native, president of Shuiyuan Life Academy, and was an elementary school teacher and a prospective principal. He graduated from Department of Industrial Management at National Cheng Kung University, then obtained his postgraduate degree from Fo Guang University Institute of Arts, but dropped out from the doctoral program of the National Taipei University of Education. He was a member of the New Taipei City Arts and Culture Counseling Group, Central Youth League Advisory Committee, and a Golden Bell Awards judge.

An ordinary person, doing extraordinary things.

In 1990, when he was a junior in university, he watched the movie *The Dull-Ice Flower* and was so deeply moved by it that he decided to become an elementary school teacher.

During his time teaching in elementary school for nearly 30 years, he founded the School of Everyday Life, community newspapers, and has won the National Power Teacher Award, the Da'Ai Elite Teacher Award, the Special Teacher of Excellence Award, the National Environmental Education Award, and led the regeneration of the Zhongliao rural community in Tamsui, which was awarded the National Gold Medal Rural Village.

He can't read traditional music score, but he led students to record albums, raise funds for the school's graduation trips, and was nominated for the Golden Melody Award under the Best Children's Music Album category, and the Public Television Service documentary about his story won the Best TV Program Award at the Taiwan International Children's Film Festival.

Some people say that Mr. Du is not normal and is an outlier in the teaching circle. He always smiles and answers: "Yes, I'm not normal, I'm just returning to the real normal!"

After retiring in 2022, he started traveling and giving talks, with the aim of becoming a "multicultural education worker".

About the English Translator

Lo Te-chang Mike (1978-) was born in Taipei, Taiwan. He immigrated with to South Africa as a child with his family and lived there for more than 25 years, earning a PhD in molecular medicine. After returning to Taiwan to find his 'Taiwanese-ness', through a series of serendipitous coincidences, his career path turned to one of interpretation/translation, teaching and writing. He has assisted the Formosa International Poetry Festival in Tamsui for numerous years, which led him to start to write poetry. Currently living in Tamsui, he has returned to graduate school to study for a PhD in English, to further improve his writing skills and literary foundation. He is the translator of Li Yu-fang's *At Dawn poetry collection,* and Kenyan poet *Christopher Okemwa's Christopher Okemwa: Selected Poems poetry collection.* His first poetry collection *Taiwan Days • South African Nights* was published in 2023.

行走在土地的詩歌
Poetry walking on the land • Poesía en camino sobre la tierra

About the Spanish Translator

Tu Yuan-yi graduated from National Chengchi University with a major in Political Science. She began studying Spanish during university and later completed a one-year exchange in Madrid, Spain, and continued to polish her second language after returning to Taiwan. *Poetry Walking on the Land* is her first literary translation project, where she seeks to reflect the resonance of the poems and the unique beauty of both the Chinese and Taiwanese languages.

西語篇

CONTENIDO

97　　Canción de Shuiyuan 01 [Niños de Shuiyuan]
　　　・水源的歌01【水源的孩子】

98　　Canción de Shuiyuan 02 [Paisajes de Shuiyuan I]
　　　・水源的歌02【水源風光Ⅰ】

99　　Canción de Shuiyuan 03 [Paisajes de Shuiyuan II]
　　　・水源的歌03【水源風光Ⅱ】

100　 Canción de Shuiyuan 04 [Camino a la escuela]
　　　・水源的歌04【讀冊去】

101　 Canción de Shuiyuan 05 [La canción de la Escuela Primaria Shuiyuan]
　　　・水源的歌05【水源小學e那一條歌】

102　 [Paisajes de Shuiyuan I]・【水源風光Ⅰ】

104　 [Paisajes de Shuiyuan II]・【水源風光Ⅱ】

105　 Canción de Shuiyuan 06 [La canción de A-Fei]
　　　・水源的歌06【阿肥之歌】

107　 Canción de Shuiyuan 07 [Río Shuiyuan]
　　　・水源的歌07【水源溪】

110　 Canción de Shuiyuan 08 [El Camino de Regreso a Casa]
　　　・水源的歌08【回家的路】

112　 Canción de Shuiyuan 09 [A-Tai, A-Shun, Retrato de Personajes de Shuiyuan]・水源的歌09【阿泰、阿順・水源人物素寫】

行走在土地的詩歌
Poetry walking on the land · Poesía en camino sobre la tierra

114 Canción de Shuiyuan 10 [Canción de Graduación de Shuiyuan]
　　・水源的歌10【水源的畢業歌】

115 Canción de Shuiyuan 11 [Despedida de Shuiyuan]
　　・水源的歌11【告別水源】

116 Canción de Shuiyuan 12 [De vuelta a Shuiyuan]
　　・水源的歌12【回到水源】

117 Canción de Shuiyuan 13 [Paraíso]
　　・水源的歌13【天堂】

118 Canción de Shuiyuan 14 [Si un día]
　　・水源的歌14【如果有一天】

119 Canción de Shuiyuan 15 [Canción del Oso Negro]
　　・水源的歌15【黑熊的歌】

120 Canción de Shuiyuan 16 [Impresiones de Shuiyuan]
　　・水源的歌16【水源印象】

121 Canción de Shuiyuan 17 [Vuelo sobre el humedal]
　　・水源的歌17【溼地飛翔】

122 Canción de Shuiyuan 18 [Un bosquejo sobre acción y conocimiento]
　　・水源的歌18【行知素寫】

123 Canción de Shuiyuan 19 [Canción del Zoológico]
　　・水源的歌19【動物園之歌】

目次
CONTENIDO

124　Canción de Shuiyuan 20 [Canción de Despedida]
　　・水源的歌20【送別歌】

125　Canción de Shuiyuan 21 [Un arce invernal detrás de la casa]
　　・水源的歌21【茨後一欉茄苳】

127　Canción de Shuiyuan 22 [Mira Zhongliao]
　　・水源的歌22【看見忠寮】

129　Canción de Shuiyuan 23 [Esperando y buscando el Árbol de la Vida]
　　・水源的歌23【生命之樹的等待與追尋】

131　Canción de Shuiyuan 24 [Nuestro Amor]
　　・水源的歌24【咱的愛】

132　Canción de Shuiyuan 25 [Tomados de la Mano]
　　・水源的歌25【牽手】

134　Canción de Shuiyuan 26 [Un tú]
　　・水源的歌26【一個你】

135　Poestisa・作者簡介

137　Traductor・英文譯者簡介

138　Traductor・西文譯者簡介

95

行走在土地的詩歌
Poetry walking on the land · Poesía en camino sobre la tierra

Canción de Shuiyuan 01
[Niños de Shuiyuan]

Soy un niño feliz que crece junto al monte Datun en Tamsui

Rodeada de colinas esmeralda y aguas verdes, cielos azules y una hermosa escuela.

Soy un niño inocente que camina entre los campos en el camino de la montaña

Nuestro canto en el viento despierta muchos recuerdos en nuestros corazones.

Somos niños de Shuiyuan y aquí estudiamos con alegría

Y los diábolos, artes marciales danza de león, así como los grandes árboles, águilas y garzas blancas.

Somos niños valientes que crecen al monte Datun en Tamsui

Un día volveremos a Shuiyuan y cultivamos un hermoso hogar.

La.................... La ....

Un día volveremos a Shuiyuan y cultivamos un hermoso hogar.

行走在土地的詩歌
Poetry walking on the land • Poesía en camino sobre la tierra

Canción de Shuiyuan 02
[Paisajes de Shuiyuan I]

Letra: Zhang Jia-kun

Los paisajes de Shuiyuan son hermosos

Los insectos a menudo vuelan y los pájaros a menudo cantan.

Los paisajes de Shuiyuan son hermosos

Las flores a menudo florecen y la gente a menudo sonríe.

El abuelo árbol a menudo duerme

Los perritos ladran

Es un lugar lleno de alegría.

Canción de Shuiyuan 03
[Paisajes de Shuiyuan II]

Letra: Zhang Zheng-ru

Las garzas blancas vuelan bajo y las águilas deambulan

El anciano cultiva verduras bajo el sol, el paisaje es encantador.

Las mujeres trillan, los campesinos cantan

El perrito camina por los campos de Shuiyuan

El ocaso dorado alarga su sombra.

Miré hacia arriba y vi que la Vía Láctea, parecía una pitón gigante.

行走在土地的詩歌
Poetry walking on the land • Poesía en camino sobre la tierra

Canción de Shuiyuan 04 [Camino a la escuela]

Mi casa está bajo el puente Shuiyuan, junto al monte Datun

Tu casa también está bajo el puente Shuiyuan, junto al monte Datun.

Uno, dos, tres, cuatro, uno, dos, tres, cuatro, salimos temprano en la mañana.

Nos despertamos antes del amanecer para patrullar el campo.

Y cuando terminamos, regresamos rápido para desayunar y llevar a los nietos a la escuela.

Algunos caminan, otros van en coche, algunos juegan a atraparse.

Dos pasos, tres pasos, tres pasos, dos pasos, todos avanzamos juntos.

Uno, dos, tres, cuatro, uno, dos, tres, cuatro, ¡alegres vamos a la escuela!

¡Dang dang dang dang dang dang dang dang dang dang dang dang dang dang dang dang!

(OS:) ¡Buenos días, niños! Soy el maestro de guardia. ¡Ya son las 7:40! ¡Rápido, a barrer el suelo!

Canción de Shuiyuan 05
[La canción de la Escuela Primaria Shuiyuan]

música : Chen Ming-zhang

Cada mañana, poco después de las siete,

el maestro Du de la Escuela Primaria Shuiyuan

tiene que ir a la escuela a dar clases,

tiene que ir a la escuela a dar clases.

En el camino, camina y canta,

cantando la canción de su alumno A-Kun.

Es también la canción que más le gusta.

行走在土地的詩歌
Poetry walking on the land・Poesía en camino sobre la tierra

[Paisajes de Shuiyuan I]

Letra:Chang Jia-kung

Los paisajes de Shuiyuan son hermosos

Los insectos a menudo vuelan y los pájaros a menudo cantan.

Los paisajes de Shuiyuan son hermosos

Las flores a menudo florecen y la gente a menudo sonríe.

El abuelo árbol a menudo duerme

Los perritos ladran

Es un lugar lleno de alegría.

Él ama la vida en Shuiyuan

también toma té con los estudiantes.

Lo que más le gusta es beber té Pu'er

lo hierve con carbón, el agua nunca deja de hervir.

En la Escuela Primaria Shuiyuan hay una canción:

«¡Ven! ¡Preparemos té!"

Cada tarde, después de las cuatro,

los niños de la Escuela Primaria Shuiyuan

tienen que caminar de regreso a casa,

tienen que caminar de regreso a casa.

En el camino, caminan y cantan

esa canción sobre su compañero A-Ru,

también es la canción que más les gusta.

行走在土地的詩歌
Poetry walking on the land • Poesía en camino sobre la tierra

[Paisajes de Shuiyuan II]

Letra: Zhang Zheng-ru

Las garzas blancas vuelan bajo y las águilas deambulan

El viejo cultiva verduras bajo el sol, el paisaje es encantador.

Las mujeres trillan, los campesinos cantan

Un perrito camina por los campos de Shuiyuan

El atardecer es dorado y su sombra es alargada.

Miré hacia arriba y vi que la Vía Láctea, parecía una pitón gigante.

Ahora estás creciendo poco a poco,

poco a poco comprenderás más cosas.

Hoy te gradúas,

espero que recuerdes estos días de canto.

En la Escuela Primaria Shuiyuan hay una canción:

"¡Niños! ¡Vengan a cantar!"

¡Joven! ¿Aún recordarás quién fue tu maestro?

Canción de Shuiyuan 06
[La canción de A-Fei]

A-Fei es un niño de nuestra clase,

su nombre es Qing-wen Zheng,

y se ve justo así.

Una vez, después de clase,

cogí mi guitarra y empecé a tocar y cantar en el aula.

Vi su rostro sonriente y lleno de inocencia.

Improvisé una letra para la melodía

y comencé a cantar con los niños.

¡Lo llamamos gordito! ¡Decimos que está lleno de cosas!

¡Decimos que parece un cerdito tonto!

¿Se enfada? ¿Tú qué crees?

A-Fei, A-Fei, qué adorable es,

nacido tan regordete y lindo.

行走在土地的詩歌
Poetry walking on the land • Poesía en camino sobre la tierra

Aunque los gorditos parecen bobos,

a todos les encanta verte.

A-Fei, A-Fei, qué sincero es,

tan simple como un cerdito.

Aunque es sincero y tan travieso,

dondequiera que esté, hay felicidad.

Canción de Shuiyuan 07
[Río Shuiyuan]

Adaptada de Wang Zhao-hua

Bajo el puente de Shuiyuandi, junto al monte Datun, fluye el río Shuiyuan.

Yiyi waiwai, yiyi waiwai, serpenteando por tantos lugares.

Día tras día, día tras día, fluyendo hasta tu corazón.

¡Río Shuiyuan, oh río Shuiyuan!

Pasando por Shuiyuandi, más allá de las colinas.

Algunos lavan ropa, otros lavan verduras,

¡Los niños juegan y ríen sin preocupaciones!

¡Río Shuiyuan, oh río Shuiyuan!

Llevando consigo la prosperidad de nuestro tiempo.

Joven, oh joven, ¿dónde quedaron tus sueños?

La… la… la… la… la… la…

Bajo el puente de Shuiyuandi, junto al monte Datun, fluye el río Shuiyuan.

Yiyi waiwai, yiyi waiwai, serpenteando por tantos lugares.

Día tras día, día tras día, fluyendo hasta tu corazón.

行走在土地的詩歌
Poetry walking on the land • Poesía en camino sobre la tierra

¡Río Shuiyuan, oh río Shuiyuan!

Pasando por los cambios de esta tierra.

Algunos cultivan verduras, otros las destruyen…

¿Qué camino elegirás?

¡Río Shuiyuan, oh río Shuiyuan!

Deslizándose entre los bosques de bambú de Houbi.

Terrateniente, oh terrateniente, ¿seguiremos juntos?

Los días pasan uno tras otro,

¿Seguirá unida la gente o se separará,

como los cambiantes vientos de la montaña?

Cada vez hay más cambios, ¿te has dado cuenta?

La… la… la… la… la… la…

¡Río Shuiyuan, oh río Shuiyuan!

Pasando por Shuiyuandi, más allá de las colinas.

Joven, oh joven, ¿dónde quedaron tus sueños?

¡Río Shuiyuan, oh río Shuiyuan!

行走在土地的詩歌
Poetry walking on the land・Poesía en camino sobre la tierra

Canción de Shuiyuan 08
[El Camino de Regreso a Casa]

¿Creíste que yo sabía que tú sabías?

Nadie ha podido decírmelo jamás...

¿Dónde está el significado de la vida? ¿Es su propósito solo un juego?

¡Pensé que sabías que yo sabía que me conocías!

Siempre deseando que alguien pudiera entenderme...

Enfrentando la soledad, ¿cómo romper con ella? ¿Por qué cargo con tantas penas?

¿Sabes que yo sabía que tú sabías?

He estado demasiado perdido en este viaje...

Necesito entregarme por completo al camino de la vida,

frente a mis padres está el camino de regreso a casa.

¡Sabía que tú sabías que me conocías!

De ahora en adelante, debo aprovecharlo al máximo...

Estoy bien, estás bien, estoy bien, ¿sabes?

Gracias, gracias a mí, gracias, ¿sabes?

Estoy bien, estás bien, estoy bien, ¿sabes?

Gracias, gracias a mí, gracias, ¡gracias!

行走在土地的詩歌
Poetry walking on the land • Poesía en camino sobre la tierra

Canción de Shuiyuan 09 [A-Tai, A-Shun, Retrato de Personajes de Shuiyuan]

A-Tai y A-Shun son hermanos, siempre van juntos a la escuela,

aunque están un poco rellenitos, ¡se ven realmente adorables!

A-Tai y A-Shun son muy divertidos, les encanta ver teatro de marionetas,

aunque su caligrafía no es perfecta, son muy aplicados en la escuela.

La directora, la directora es tan hermosa,

siempre sonriente, siempre acogedora, siempre se preocupa por ti.

El subdirector, el subdirector es tan amable,

su esposa es tan dulce y hermosa, tiene dos hijos, son una familia muy afortunada.

Su Excelencia*, Su Excelencia es muy detallista y siempre da lo mejor,

los Asuntos Generales dependen de ella, resolviendo problemas grandes y

pequeños.

El tío Zhang, el abuelo Zhang, conoce todo tipo de oficios, sabe de flores, plantas y árboles, todo florece en sus manos.

(* Un título respetuoso para la directora de asuntos generales de la escuela)

行走在土地的詩歌
Poetry walking on the land • Poesía en camino sobre la tierra

Canción de Shuiyuan 10
[Canción de Graduación de Shuiyuan]

Letra:Chen Jun-hong & Zhang Zheng-ru

Dejé Shuiyuan en el momento de la graduación

Seis años de maravillosos recuerdos han vuelto a mí

No sé cuánto tiempo tardaré en volver a verte

¿Nos reuniremos de nuevo en el campus familiar?

Conteniendo las lágrimas y la tristeza de la despedida

Diciendo «cuídate, adiós» a mis maestros y a Shuiyuan

A mis mejores amigos y a Shuiyuan.

Canción de Shuiyuan 11
[Despedida de Shuiyuan]

Adaptada de una canción de Chen Qiu

¡Me voy! Dejando el hermoso, hermoso Shuiyuan

¡Hey ho hey! ------ ¡Hey ho hey!

No sé cómo despedirme cuando dejo el hermoso Shuiyuan

Las lloviznas de mayo de repente mojan mis ojos

Recordando nuestro encuentro después de muchos años, no tuve tiempo de decir palabras tiernas

Las hojas de arce otoñales flotan en los caminos de la montaña de Shuiyuan

¡Oh hijos de Shuiyuan! Escuchen el pulso histórico del Monte Datun

Hay una montaña en mi corazón que late con pensamientos hacia ustedes

¡Oh hijos de Shuiyuan! ¡Miren los campos del río Shuiyuan!

Hay un río en mi corazón que también los acompaña en los momentos silenciosos

La .... la ....La ....

¡Hijo de Shuiyuan! No me preguntes de dónde vengo

Si aún me recuerdas, soy solo un amigo que caminó a través de la niebla matutina.

行走在土地的詩歌
Poetry walking on the land • Poesía en camino sobre la tierra

Canción de Shuiyuan 12
[De vuelta a Shuiyuan]

Esta noche el viento sopla suavemente y despierta los sentimientos del pasado

Hubo lágrimas y sonrisas durante esos años en Shuiyuan

Bajo el gran árbol, en la escuela, hay recuerdos que compartimos

Oh, ... después de la despedida, cuídate y espera con ansias el reencuentro

Te estaré esperando aquí en Shuiyuan, junto al Monte Datun

Te estaré esperando en Shuiyuan, junto al Monte Datun.

Canción de Shuiyuan 13 [Paraíso]

Letra: Chen Xuan-mou

Todos tienen un paraíso donde pueden volar libremente sin preocupaciones

Cuando estés solo, estarás conmigo, y cuando llegue la felicidad, la compartiré contigo

Siempre hay un lugar donde el amor se extiende a través del corazón de los estudiantes

Superemos juntos los agravios y las incertidumbres, y ayudemos a cada corazón en la oscura noche

El paraíso está junto al río Tamsui, el paraíso está en el Monte Guanyin

El paraíso está en la escuela, el paraíso que se extiende está en el mundo (Shuiyuan)

Paraíso... Paraíso... Paraíso...

行走在土地的詩歌
Poetry walking on the land • Poesía en camino sobre la tierra

Canción de Shuiyuan 14
[Si un día]

Si un día podemos volver a casa (Si un día podemos reconstruir nuestro hogar)

Si un día no tengamos que decir adiós (Si un día nos volveremos a encontrar)

No habrá más tú o yo

No habrá nada que rompa corazones

Podremos trabajar y luchar juntos

Podremos dejar de estar perdidos, dejar de tener miedo

Mientras ……

El cielo siga siendo cielo, la tierra siga siendo tierra, las montañas y el suelo sigan siendo queridos para mí

‖ Eiya ho hiya ho hiya… ‖

Nos volveremos a encontrar……

Canción de Shuiyuan 15
[Canción del Oso Negro]

Letra: Wang Hua-fen

Los corazones jóvenes pueden resistir la adversidad, los corazones jóvenes corren en Shuiyuan.

Una vez fue un caballo galopando por las llanuras, una vez fue un barco en el mar azul.

A veces, una nube solitaria volando en el cielo

A veces, un buen amigo para todos.

Pero hoy espera en su escritorio, en su estudio, para tomar una decisión por sí mismo,

Para hacer una promesa a la vida, para darse un futuro.

Permanece firme, refinándose, reflexionando, fortaleciéndose y creciendo

Construyendo el poder de la vida.

Hey o hey ---- (oso negro ---) hey o hey ----

Hey o hey ---- (oso negro ---) hey o hey ---- el oso negro debe avanzar.

2001.03.07

行走在土地的詩歌
Poetry walking on the land • Poesía en camino sobre la tierra

Canción de Shuiyuan 16 [Impresiones de Shuiyuan]

En el cielo azul, están nuestros recuerdos.

¿Aún recuerdas que hubo un tú y un yo?

En la hermosa escuela, quedan las huellas de aquellos días.

Aquí, juntos, aprendiendo con alegría.

Yi ya hey, Yi ya hey, Yi ya hey ya hey, Yi ya hey.

La brisa sopla suavemente

¿Despierta los sentimientos de aquellos días? O ....

En Shuiyuan, un buen hogar; de vuelta a Shuiyuan, para reencontrarnos.

Yi ya hey, Yi ya hey, Yi ya hey ya hey, Yi ya hey.

Yi ya hey, nuestro Shuiyuan.

Canción de Shuiyuan 17
[Vuelo sobre el humedal]

Letra: Chen Mu-cheng

Hijo, te dejaré los lagos.

Hijo, te dejaré los ríos y arroyos.

¡Mira! ¡Qué brillantes son los ojos de los lagos!

¡Escucha! ¡Qué fuerte y clara es la canción del arroyo!

Hijo, te dejaré un humedal.

Abre tus pequeñas manos, pisa con suavidad esa tierra tan sensible.

Siéntete como una bandada de aves acuáticas desplegando sus alas,
 abrazando la esperanza, volando con valentía.

Siéntete como una bandada de aves acuáticas desplegando sus alas,
 abrazando la esperanza, volando con valentía.

Te observo – volar – volar – volar – volar.

Volando en el cielo del humedal ------

行走在土地的詩歌
Poetry walking on the land • Poesía en camino sobre la tierra

Canción de Shuiyuan 18
[Un bosquejo sobre acción y conocimiento]

Acción y conocimiento en Nanjing, hay un director llamado Rui-qing Yang.

Casi cincuenta años, con gran motivación, llevando la educación para la vida al campo.

Acción y conocimiento en Hoyi, un predecesor llamado Xian-xing Tao.

A través del Colegio Xiaozhuang, los niños de campo han ganado confianza en sí mismos.

El viaje de estudio sobre acción y conocimiento, las comunidades rurales se unen.

El contenido sólido e interesante es admirado por personas a ambos lados del Estrecho.

Este bosquejo escrito rápidamente es para conmemorar este encuentro.

2010.11

Canción de Shuiyuan 19 [Canción del Zoológico]

El cielo azul, una brisa suave sopla.

En el camino montañoso de Tamsui, el corazón se llena de sonrisas.

El cielo nocturno despejado, un viento libre sopla.

En los campos de Shuiyuan, mi corazón se llena de calma.

Paseando con la brisa fresca, avanzando con una sonrisa.

Al llegar al zoológico, las aves y Blackie siempre están conmigo.

La tierra, las pomarrosas y los osmantos, hibiscos, nísperos y guayabas

Y las flores de jengibre silvestre son la fragancia de esta tierra.

行走在土地的詩歌
Poetry walking on the land • Poesía en camino sobre la tierra

Canción de Shuiyuan 20
[Canción de Despedida]

Letra: Lee Shuang-ze

Te acompaño a salir de Datun, mira qué alto es el monte Datun.

También te acompaño al borde del gran río, mira qué largo es el gran río.

Como el gran río interminable, somos trabajadores y perseverantes.

Como el alto monte Datun, somos valientes y fuertes.

Somos valientes y fuertes, somos trabajadores y perseverantes.

Esperamos que un día nos reunamos en Shuiyuan.

Nuestro Shuiyuan tiene montañas llenas de flores.

Esa camelia soy yo, esa camelia eres tú.

Te acompaño a salir de Datun, te acompaño al borde del gran río.

Esperamos que un día nos reunamos en Shuiyuan.

Canción de Shuiyuan 21
[Un arce invernal detrás de la casa]

Letra: Lee Kuei-shien

Detrás de la casa hay un viejo arce invernal.

Desde temprano en la mañana se oían los cuervos; cuando mi abuelo construyó la casa en la dinastía Qing, aquí escuchaba su graznido.

Detrás de la casa hay un viejo arce invernal.

Al mediodía se oían los cuervos; cuando mi padre descansaba contra la pared en la época de la ocupación japonesa, aquí escuchaba su graznido.

Detrás de la casa hay un viejo arce invernal.

Por la tarde aún se oyen los cuervos; cuando iba a la escuela en la época de la República de China, todavía escuchaba su graznido.

Cuando era niño, escuché a mi abuelo decir que los cuervos no son malas aves.

Cuando lleguen, la casa prosperará.

No resientas el sonido de los pájaros, su graznido.

Cuando crecí, también escuché a mi padre decir que los cuervos no son malas aves.

Cuidan del ganado y comen saltamontes.

行走在土地的詩歌
Poetry walking on the land・Poesía en camino sobre la tierra

No los persigas con cañas de bambú hasta que graznen.

Ahora me estoy haciendo viejo. Al volver a la vieja casa, el viejo arce invernal ya no está.

Los campos están abandonados, nadie cultiva nada.

Desde la mañana hasta el anochecer, ya no se oye el graznido de los cuervos.

Cuando era niño, había un viejo arce invernal.

Cuando crecí, también había un viejo arce invernal.

Ahora me estoy haciendo viejo. Al volver a la casa, el viejo arce invernal ya no está.

Ese viejo arce invernal que vivirá por siempre en el corazón.

杜守正漢英西三語詩集

Canción de Shuiyuan 22
[Mira Zhongliao]

Letra: Lian Fu-shou

El agua limpia del arroyo está llena de peces y camarones,

también hay gobios anguila barbuda y cangrejos de mitones.

A lo largo de las orillas hay campos que dan cosechas abundantes antes del invierno.

En la ladera, delante y detrás de la casa, se cultivan mandarinas y té.

Cada año, en la temporada de recolección del té, todos están felices y entusiasmados.

Las granjas son ricas en productos, con todo tipo de verduras y frutas.

Los campos y los arroyos son nuestra tierra amada.

(Canción de la Recolección del Té)

Una hermosa flor en la montaña,

dos flores pueden llevarse a la mesa.

Te llevo a mirar y ver,

su fragancia floral se filtra en el corazón.

行走在土地的詩歌
Poetry walking on the land • Poesía en camino sobre la tierra

El río Gongsitian, junto al monte Datun,

fluye hacia los campos de Zhongliao.

El río es limpio, con peces y camarones,

también gobios anguila barbuda y cangrejos de mitones.

Su ecología natural es única, en Dapiputou hay muérdagos.

Su larga historia humana y monumentos,

como la casa del asta de bandera de Shiquiangzi.

Las montañas y el agua son hermosas,

han dado grandes poetas y pintores.

El paisaje de la comunidad de Zhongliao es hermoso,

te invitamos a visitarnos.

Canción de Shuiyuan 23 [Esperando y buscando el Árbol de la Vida]

El sol se enamoró de una chica,

atravesado el tiempo y el espacio, llegó hasta el presente.

La luna espera a un chico,

desde el pasado hasta el presente, hasta el futuro.

No sabe si su amor sigue allí,

no sabe si él, aún te ama, ¿la sigues amando?

¡Se puede amar, y también no amar!

¡Incluso herido, aún puedes dar amor!

El verdadero amor, es inherentemente libre.

Tú eres él, eres ese sol, el cactus, el fuego, la serpiente, y también la luna.

La amo, amo la luna, amo al cactus, amo el fuego, amo la serpiente, y también amo el sol.

Así que, en realidad, soy ella, soy la luna, el cactus, el fuego, la serpiente, y también el sol.

Cada encuentro es un anhelo del alma,

cada espera, es la búsqueda del árbol de la vida.

Todos somos iguales, todos somos esa luz, esa luz eterna entre amor y no amor.

Todos somos iguales, todos somos esa luz, esa eterna luz solitaria que viaja a través del tiempo y el espacio, ese sol libre.

Cada encuentro es un anhelo del alma.

Todas las almas, regresarán al árbol de la vida para esperar.

Canción de Shuiyuan 24
[Nuestro Amor]

Letra: Xie Bi-shu, revisada de 'Si el amor' de Chen Hsiu-chen

Si el amor tuviera forma, sería sin duda tus ojos.

Si el amor tuviera letras, sería sin duda mi apodo.

Si el amor no tuviera timbre, te escribiría cartas.

Si el amor no tuviera alas, cruzaría colinas y montañas con mis propios pies.

Nuestro amor está separado por el vasto océano.

Quisiera convertirme en un pez, y lucharme contra miles y miles de gotas de agua, para nadar por un semejante camino de agua.

Nuestro amor está separado por capas y capas de montañas.

Quisiera convertirme en un ave, desafiando las nubes oscuras y cambiantes.

Volando una línea directa hacía el cielo, sin ningún obstáculo.

行走在土地的詩歌
Poetry walking on the land • Poesía en camino sobre la tierra

Canción de Shuiyuan 25 [Tomados de la Mano]

Tomados de la mano. Tomados de la mano.

Tú tomas mi mano, yo tomo la tuya.

Vamos y venimos, vamos y venimos.

Caminando por la calle Chongjien y la calle Qinshui.

Caminando por el Callejón de los Enamorados en Tamsui, donde se despiden los enamorados.

¿Te estás despidiendo de mi o me estoy despidiendo yo de ti?

¿Estás tomando mi mano o soy yo quien toma la tuya?

Tomados de la mano. Tomados de la mano, tomados de la mano. Tomados de la mano.

No importa quién tome la mano de quién, tú eres la mi mano entrelazada.

Porque tú eres yo, yo soy ----- la mano que tú tomas.

Tomados de la mano. Tomados de la mano, tomados de la mano. Tomados de la mano.

Tú eres ----- la mano que yo tomo.

Canción de Shuiyuan 26
[Un tú]

Una palabra, un poema

Un Tú, una Vida

Influencia

Un grupo de personas, construye un sendero poético que atraviesa el tiempo
 y el espacio

Eres montaña, como el monte Datun,

que lanza lava desde hace millones de años.

Eres río, como el río Tamsui,

que fluye hacia el mar, esa madre.

Tu nombre es Lee Kuei-shien,

Tú eres Lee*.

Tú eres el arce invernal eterno.

Lee y «tú suenan igual en taiwanés.

Poestisa

Du Shou-zheng, Originario de Tainan, es director de la Escuela de Vida Shuiyuan, maestro de primaria jubilado y candidato a director escolar. Graduado del Departamento de Gestión Industrial e Informática de la Universidad Nacional Cheng Kung y del Instituto de Estudios Artísticos de la Universidad Fo Guang. También completó los cursos de doctorado en el Instituto de Currículo e Instrucción de la Universidad Nacional de Educación de Taipéi.

Ha sido miembro del equipo de asesoría cultural y artística de Nuevo Taipéi, consejero del grupo de orientación central y jurado de los Premios Golden Bell.

Una persona corriente que lleva a cabo acciones excepcionales.

En 1990, durante su tercer año en la universidad, quedó profundamente conmovido por la película "La flor de lupino" y desde entonces decidió dedicar su vida a la educación primaria.

Ejerció la docencia durante casi 30 años, fundó una escuela comunitaria y un periódico vecinal. Ha recibido múltiples reconocimientos, incluyendo el Premio Nacional Power al Docente, el Premio Da Ai al Maestro Ejemplar, el Premio Especial a la Excelencia Docente y el Premio Nacional de Educación

Ambiental. Y también lideró el proyecto de revitalización rural en la comunidad de Chongliao en Tamsui, el cual fue reconocí con la Medalla de Oro Nacional a la Comunidad Rural.

Sin ser capaz de leer música, guió a sus estudiantes en la producción de un álbum musical y cantaron para recaudar fondos para su viaje de graduación. El álbum fue nominado al Premio Golden Melody en la categoría de Mejor Álbum Infantil. El documental que se grabó sobre la producción del álbum, producido por PTS (Servicio Público de Televisión), fue galardonado como el Mejor Programa de Televisión en el festival internacional de cine infantil.

Algunas personas describen al profesor Du como un docente poco convencional, incluso excéntrico. Él suele responder con una sonrisa: "Sí, soy lo que llaman 'raro', pero solo para volver a la verdadera normalidad".

(En chino, la palabra "raro" (反常, fǎncháng) suena casi igual que "volver a la normalidad" (返常, fǎncháng))

Desde su jubilación en 2022, se ha dedicado a viajar y dar conferencias, con la esperanza de convertirse en un trabajador comprometido con la educación multicultural.

Traductor

Lo Te-chang Mike (1978-) nació en Taipéi, Taiwán. Durante su infancia emigró con su familia a Sudáfrica, donde vivió durante más de 25 años y obtuvo un doctorado en Medicina Molecular. Tras regresar a Taiwán en busca de su "taiwanesidad", una serie de coincidencias fortuitas lo llevó a reorientar su carrera profesional hacia la interpretación, la traducción, la enseñanza y la escritura.

Ha colaborado durante varios años con el Festival Internacional de Poesía Formosa en Tamsui, lo que lo motivó a comenzar a escribir poesía. Actualmente reside en Tamsui y ha regresado a los estudios de posgrado para realizar un doctorado en Lengua y Literatura Inglesa, con el propósito de seguir perfeccionando sus habilidades literarias y de escritura.

Es traductor de la colección trilingüe de poesía chino-inglés-español *At Dawn* de Li Yu-fang, así como de *Crepúsculo sobre la miel: Poemas selectos* del poeta keniano Christopher Okemwa. Su primer poemario, *Días de Taiwán • Noches sudafricanas*, fue publicado en 2023.

Traductor

Tu Yuan-yi, graduada en Ciencias Políticas por la Universidad Nacional Chengchi. Comenzó a estudiar español durante la universidad y posteriormente realizó un programa de intercambio de un año en Madrid, España. Continuó con el aprendizaje del idioma tras regresar a Taiwán. *Poesía en camino sobre la tierra* es su primer proyecto de traducción literaria, con el objetivo de reflejar la resonancia de los poemas y la belleza única de las lenguas china y taiwanesa.

語言文學類　PG3206　台灣詩叢27

行走在土地的詩歌
Poetry walking on the land・
Poesía en camino sobre la tierra
——杜守正漢英西三語詩集

作　　者 / 杜守正（Du Shou-zheng）
叢書策畫 / 李魁賢（Lee Kuei-shien）
英文校譯 / 羅得彰（Lo Te-chang Mike）
西文校譯 / 杜苑儀（Tu Yuan-yi）
責任編輯 / 吳霽恆
圖文排版 / 陳彥妏
封面設計 / 嚴若綾

出版策劃 / 秀威資訊科技股份有限公司
法律顧問 / 毛國樑　律師
製作發行 / 秀威資訊科技股份有限公司
　　　　　114台北市內湖區瑞光路76巷65號1樓
　　　　　電話：+886-2-2796-3638　傳真：+886-2-2796-1377
　　　　　http://www.showwe.com.tw
劃撥帳號 / 19563868　戶名：秀威資訊科技股份有限公司
　　　　　讀者服務信箱：service@showwe.com.tw
展售門市 / 國家書店（松江門市）
　　　　　104台北市中山區松江路209號1樓
　　　　　電話：+886-2-2518-0207　傳真：+886-2-2518-0778
網路訂購 / 秀威網路書店：https://store.showwe.tw
　　　　　國家網路書店：https://www.govbooks.com.tw
經　　銷 / 聯合發行股份有限公司
　　　　　231新北市新店區寶橋路235巷6弄6號4F
　　　　　電話：+886-2-2917-8022　傳真：+886-2-2915-6275

2025年9月　BOD一版
定價：280元
版權所有　翻印必究
本書如有缺頁、破損或裝訂錯誤，請寄回更換

Copyright©2025 by Showwe Information Co., Ltd.
Printed in Taiwan
All Rights Reserved

讀者回函卡

國家圖書館出版品預行編目

行走在土地的詩歌：杜守正漢英西三語詩集 = Poetry walking on the land = Poesía en camino sobre la tierra/杜守正著；羅得彰(Lo Te-chang Mike)英譯；杜苑儀(Tu Yuan-yi)西譯. -- 一版. -- 臺北市：秀威資訊科技股份有限公司, 2025.09
　　面；　公分. -- (語言文學類；PG3206)(台灣詩叢；27)
　　BOD版
　　中英西對照
　　ISBN 978-626-7770-15-3(平裝)

863.51　　　　　　　　　　　　114010837